句集

素描

清水伶

本阿弥書店

句集　素描＊目次

装幀　小川邦恵

句集

素描

清水　伶

Ⅰ 狐雨

朧夜の遠き情死にとりまかれ
空席のひとつ華やぐ鳥の恋

郁子咲いて人は睫毛をこぼしけり

灰よせの春にひとつの咽喉仏

かの世まで土筆ぐもりを妹と

大手毬小手毬わたし喪中なり

転生の椿の闇を見ておりぬ

天窓も死者ミサ曲も青あらし

平城山に行きたし夜のほととぎす
ぼうたんの狐雨なら母の景

全身を水の螢の過ぎゆけり

天上に韮の花咲く忌明けかな

古代蓮さびしきものに長き夢

ピアスしてがらがら蛇に蹤いてゆく

短夜の貘に大きな夢のあと

火蛾落ちて眦ふいに崩れけり

土蜘蛛に指ひんやりと誘わるる

烏瓜の花の夕べは父が逝く

死にゆくは祭りの中をゆくごとし
空蝉のきれいな無籍持ち帰る

短夜の月光菩薩にゆきあたる

無花果を啜り菩薩になりいたる

七夕の蹬音ならば裸馬

逆上がりしてペガサスを追いかける

秩父三峰　四句

霧を来て霧の感情見てしまう

果樹園に月の狼来ておりぬ

柱状節理に遊びせんとや寝待月

虚栗踏んで攝津の忌を修す

昼月の砂のこぼれて冬はじめ

てのひらに天網はあり冬すみれ

三井寺の冬日の裏の青孔雀

濁声の男もろくて冬の霧

縞ふくろう神にならいて目瞑れり

寒月光胎児のまぶたひらくころ

尼寺という雪うさぎ雪うさぎ

過ちのごと夕景の寒牡丹

冬の虹ふっとさびしい指かくす
いもうとの遊んで帰る冬がすみ

寒梅のさざなみに似て従姉妹たち

銀座・日比谷公園　五句

ブルガリの真冬の壁に蛇垂れる

ポインセチア唇よりも悲しいぞ

「日比谷花壇」から極月の潦《にわたずみ》

クリスマスマーケット基督がいない
松本楼卓布に冬の陽の欠けら

寒ぼたん十中八九地獄耳

兜太亡き春の銀河のごうごうと

金子兜太追悼　三句

山国の野鯉思えば朧かな

落つばき静かに銹びて夜の褥

春あかつき水の軀を放し飼い

にんげんに鈴《りん》の音して梅二月

清音のしらうめ濁音の紅梅
くちびるが攫われそうで椿山

少年の幾何学原論野に遊ぶ

II 深爪

瞬きのこぼれやすくて蝶の昼

深爪の男あつまる桃の花

広辞苑第七版をさくら咲く
にんげんと桜のあわい舟が着く

人麻呂も虫麻呂も居て花の闇

鷹女にもなれず風船売にもなれず

三番瀬　三句

引き潮にはぐれ五月の鷹を待つ

漣痕を駈け燕子花かきつばた

たてがみも茅花も吹かれいる真昼

緋牡丹のくずれて母の花骨牌

茴香《フェンネル》の花の畦なら逢いにゆく

東大寺広目天像鳥の恋

奈良　五句

双蝶の光《か》げ散りぢりに羅生門
さみだれの芯となりたる伎折羅像

蟻地獄覗く仏を見尽くして

菩提樹の花の雨なり曼陀羅図

元興寺

箱庭に隕石ひとつ墜ちている
たそがれの帝揚羽をとり逃がす

純愛と云い博愛といい蕺菜《どくだみ》

ほうたるの闇のうしろの赤ん坊

晩夏のジャズ金子兜太の口がある

月白に野外オペラのアリアかな

ちちははの眉根あつめて狐花

オルガンを踏んで白鳥座の汀

女郎花星の骨格しておりぬ

頭の中の嘆きのしろさ男郎花

木の実降る烈しき連打蛇笏の忌

天地創造知っているなり鶏頭花

桃吹くや第六感のさびしさに

アンナ・カレーニナの罪の如くに曼珠沙華

星老いて鏡の奥のつづれさせ

カチカチ山も泣虫山も紅葉晴

捨て鏡そっと覗けば秋の風

三井寺に水呑みにゆく秋の蛇

落書のごと実石榴の天に爆ぜ

第七十三回「現代俳句協会賞」受賞　京都　四句

深秋の祇王の寺のなみだつぼ

遠ければ去来の墓に秋の光《かげ》

瑠璃蝶になりたき眉根嵯峨野みち

十一面千《せん》手《じゅ》千《せん》眼《げん》秋無限

三十三間堂

銀杏黄葉どこかにきっときつねつき

或るときはマリアの擬態寒つばき

約束の数を下さい冬の薔薇

眦のあらわに濡れてしぐれ虹

冬満月裏側きっと象通る

狐火の大わがままを聞いてやる

梟の夕べかんざし鳴らしゆく

次の間に白ふくろうの吹かれくる

夜の卓の前衛であり寒卵

喪ごころの賑わいにあり寒紅梅

人らみな踵失くしてかいやぐら

転生の赤い椿がまた落ちる
いもうとの忌日の夜を匂鳥

Ⅲ　風祭

前衛といい漂泊といい鳥雲に

消息や花粉あふるる蕗の薹

さんしゅゆの花の夢見に母匿す

夢殿の夢の切れ目に蝶生る

箱根　四句

風祭はや祝祭の白すみれ

石だたみ途中は蝶と狂《ふ》れゆくか

木苺の花のしろさに母現れよ

春ふかく「ガラスの森」に迷いけり

シャガールの空飛ぶベラに春の風

山椒魚ほどに濡れいて涙石

弘法寺　二句

虫麻呂も赤人も来よ青しぐれ

緑夜なり孔雀啼くまではさすらい

アカシアの花のはるかに神獣鏡

太宰忌のまったきしろき腓かな

てのひらに夏蝶灯す遠忌かな

父の忌のジャズの微熱をもち歩く

みまさかの螢の夜に亡父の背
螢火の乱るるあたり大鏡

あやめぐさ男下駄なら履かせてやる

昼月の涯に咲かせし水中花

空蟬を花とおもえば世阿弥の忌

グレゴリオ聖歌を妣に夕かなかな

鶏頭に大笑面のありにけり

ぶどう一房父の死は一度きり

「遊牧」二十周年　飛鳥・斑鳩　五句

稲の花ひそかに咲いて飛鳥なる

渡海文殊の獅子の睨みを秋灯し

キバナコスモス才気のごとき種こぼす

観音のまなざしアレチノギクまで

秋蝶の白の軌跡に法隆寺

くちびるに星の乾きて冬に入る

「絶対本質の俳句論」なり白山茶花

冬銀河夜あるかぎり父の居て

三浦半島城ヶ島　四句

冬鷗ほどの微光をくちびるに

永遠や旗のうしろの藪椿

読み交わす詩篇のようにユリカモメ
告白も懺悔もありて寒つばき

燃えつきた地図の如くに煮凝りぬ

絵硝子に翅あるものやクリスマス

祖父方の伯耆のくにの雑煮椀

元日のマチネにヨハン・シュトラウス

芹なずな刻んで青き氏素姓

寒夕焼いくたびも父の甦る

太陽の遊びごころの寒の薔薇

仔羊の眼のよみがえる余寒かな

オペラ座の奈落を覗く春の夢

ちちははの無声映画に椿落つ

椿落つことば攫われてはならず
姿見に懸想のごとき蝶生る

バッハと云いブゾーニといい牡丹に芽

鍵盤にフーガのもつれ蝶の昼

天鵞絨の海の夕ぐれ三鬼の忌

白もくれん遠い乗換駅見ゆる

Ⅳ 素描

いもうとの行方は知らず梅雨の蝶

五月雨のガレのランプに灯をともす

悼　三井絹枝様

アリアとも二重唱とも薔薇香る
しばらくはナイルのひかり蓮浮葉

ほたるぶくろ灯して昨夜《よべ》のゆめ無数

羅馬より歩いて来たる蝸牛

髪染めてミカドアゲハの寂しさに
たましいの誤植をふやす花ざくろ

ほうたるを感情線にかくし持つ

枇杷啜る水脈のごとくに指濡らし

麦秋の絹いちまいを風という

一滴の海のしずくの瑠璃蜥蜴

シルクロードの星々こぼし花槐

身のうちの星座傾けメロン切る

直感の弦のひと揺れ百合ひらく

いもうとの靴をさがしに虹の裏

ゆうすげの野を彗星の行方とす

優曇華のゆれて最後の晩餐図

母の忌の揚羽の影をわたくしす

聖餐のあとのくちびる桃啜る

蓖《ひ》麻《ま》の実のあらあらしきも疫《え》病《やみ》の世

放哉の海にゆかんと桃吹けり

しばらくは夢のあとさき烏瓜

鶏頭を素描にすれば荒野なり

惑星の渚の匂い樝子《しどみ》の実

ほろほろと人を忘るる草の絮

たてがみのそよぐ限りを冬銀河

インクジェットのシアンの匂い白鳥来

白鳥の頸の辺りがデカダンス
冬菫ひとりわらいの唇《くち》噛んで

ふくろうの背中合わせに磔刑図

絨緞のばらの秘境を踏み外す

千年を鶴のかたちで湯冷めして

凍蝶にひとつふたつの火種ある

人体図辿りてゆけば寒つばき

またたきの銀となるとき冬の鹿

たましいの遊びつくして寒の薔薇

くちびるを岬と思う冬の雷

シリウスに無数の涙レノンの忌
セロリ噛む雨のロジック聞くように

枯野駅ベテルギウスに漕ぎ出せり

遠い灯の遠い眴《めくばせ》クリスマス

しぐれ虹これより先をキリスト者《しや》

頬杖をはずす眩しさ歯朶ひらく

人麻呂の山に薺を摘みにゆく

ネフェルティティの美貌をもてり寒卵

古代エジプト王妃

無伴奏チェロのささくれ野火走る

紅梅の闇のロシアン・ルーレット

水の惑星無数の椿落ちつづけ

さんしゅゆの風すきとおる完市忌

「俳諧の詩学」ひらけば春の虹

V 濫読

東日本大震災十年

三月のさらしくじらを哭かせけり

讃美歌のアーメン終止鳥雲に

せつせつと眉描き足して春の夢

朱雀門くぐりて蝶の昼なりし

バイリンガルマルチリンガル蘖ゆる

からたちの花の夕ぐれ父が佇つ

たましいと素足の間《あわい》水草生う

火縄銃見てきし夜の罌粟畑

郁子の花睫毛こぼせば父の部屋

喪ごころのあやめを解く夕まぐれ

漂泊《さすらい》のひとさし指や麦の秋

薔薇園にブラックホールの夜空かな

濫読のさびしさ青鷺と吹かれ

父の忌の海図ひらけば昼ほたる

昼寝覚死海のほとりから戻る

夕顔を咲かせ星読みする男

エル・グレコのマリアの飛翔日雷
のうぜんの唇キリエ・エレイソン

黙禱の果てのさざなみ紫薇《さるすべり》

乱丁の本の中なる蟬しぐれ

私淑とも親炙とも白さるすべり

顎《あぎと》あるさびしさに似てあけびの実

胸倉という水脈ありて鳥渡る

マルメロに昼の銀河の微光かな

青いちじく密《ひそ》と食みたり攝津の忌

鶏頭の月光菩薩となりにけり

万葉集の空を渡りて花鶏《あとり》来る

榧の実を蹉跌のごとく噛みいたる

檸檬一滴もうすぐ月蝕やってくる

冬園に赤いルージュの廃墟めく

ポンペイの枯蟷螂を思いけり

頰杖の白鳥《くぐい》明かりにパンセ読む

マフラーにくちびる隠し三島の忌

うすねむりして山茶花の白点す

天網をこぼれ真冬の瑠璃蛺蝶

冬りんご醤り家出にゆくえある

枇杷の花ときに詩論をかがやかす

モーツァルトの木管ひびく雪催

かりがね寒き主の晩餐を忘れいて
教会にキャットウォークあり冬陽

枯蔦のこの混みようは使徒信条

乱丁も落丁もなき冬銀河

梟の啼いて弦楽セレナーデ

絶版のカミュの横顔冬がすみ

末生以前の太陽ひとつ冬干潟

まなじりに冬の鵙いる大鏡

狐火のひとつはマグダラのマリア

クリスマスカクタス基督という俠《おとこ》かな

貎が棲む寒の手かがみ苑子の忌

寒晴やわが文体の孔雀とぶ

グレゴリオ聖歌のはじめ寒夕焼

Ⅵ 魂函

ルーアンの大聖堂を春の夢

走鳥類さびしみおれば春の雪

花こぶし父の濁声日をのぼる
永遠にいもうと匿すつばきやま

クレイジーソルトひとふり桜咲く
天金の伯母の聖書や鳥雲に

さくらしべふる瞑目も復活も
花過ぎの孤島のごとき白鍵盤

悼　松戸圭様

ペン文字の藍のそよぎを雁帰る

厚塗りのルオーのイエス夏兆す

みぞおちに牡丹の崩れ持ち歩く

相聞も挽歌も平城の麦ぼこり

白鷺鋭《と》し吟遊詩人となりゆく

芥子の花まひるの輪《ろ》舞《ん》曲《ど》すぐ止まる

「沈黙」の神をおもえば青葉騒

泰山木ひらく遥かにピエタ像

太陽の消印ひとつ黒揚羽

眉なきは鬼にもなれず燕子花

くちびるに微かな水位草蜉蝣

蟻地獄劇中劇に詩人の死

白き蛾をたずねてゆけり晴子の忌

にんどうの花錆び父のふかねむり

法華寺の蟬の穴なら見にゆかん

白桃に指溺れたり草田男忌

くれないの沈思ぽたぽた凌霄花
塩振ってふってて白花さるすべり

老鶯をマリア・カラスと名づけたり

夕ひぐらし魂《たま》函《ばこ》いくつ開け放ち

永遠の返し歌なり曼珠沙華

青げら迅し空の微塵に父がいる

キーウより流れて来たる天の川

鶏頭に落丁ありし獺祭忌

かまつかに犀の夕ぐれ来ておりぬ
パスカルの碧き眼をして蟲蜥

ヴィーナスの胸の抽斗開けて秋

龍淵に潜み少女のアンクレット

一位の実透きて木星近づき来

菊膾食み一日をまぼろしに

はるかとは父いる午後の漆の実
皆既月蝕月の兎を朱く染め

黄落の涯《はたて》に探す天王星

シャガールの雄鶏勤労感謝の日

オペラ座のアリアが遠し冬の鵙

オーケストラピットの明かり白鳥来

濁声の母を匿《かくま》う大白鳥

メサイアのディスクの裏の冬銀河

シベリウス聴いているなり縞梟

残月を知らず鼬の夜をしらず

冬薔薇を百本束ねユダを待つ

セロリ齧る主の福音を恥とせず

冬鹿のなだれくる闇久女の忌

大悪人虚子の系統寒たまご

父の遠耳母のはやみみ寒昴

Ⅶ 白帆

聖壇のアクリル板に初蝶来

天山を来し初蝶のうすみどり

阿部完市氏に「天の原白い傘さして三月」という句のありて

天の原花さんしゅゆの風が舞う

春禽の紅き眦《まなじり》兜太の忌

はくれんに三位一体という蒼穹

オルガンの風舌ひらく鳥雲に

蠟燭は母きてともす復活祭

錆の炎の点る海岸震災忌

繃帯の白帆かがやく鳥の恋
うぐいすの聲はろばろと備前より

血判の色うすれたり桃の花

かげろうに大魚攫われ三鬼の忌

くれないの乱のしずけさ落椿

わが兄《せ》亡く椿の闇の奥のぞく

ことごとく無言歌なりし花の雨

頸に巻く絹のさびしさ復活祭

春夕焼け合鍵いくつ失えり
花ミモザまでは見送る母の魂

さくらやま水の眼の夥し
いもうとの小舟をさがす花の谿

鞦韆を漕ぎつぎガリラヤの水辺

黄砂来る昼の深さに白孔雀

モルダウの夕暮を恋うしゃぼん玉

鳥獣戯画蛙の聲のあふれけり

うっすらとボレロのリズム蜥蜴出づ
たましいに昼の落丁茅花銜《か》む

たけなわの風の茅花をマリアとす

カデンツァの最高音を揚雲雀

風薫る牧師の白衣翻り

伊勢希牧師

京劇の見えかくれして躑躅山

身の奥の鏃《やじり》さびゆく花の雨

耳たぶを孤舟とおもう春驟雨

すかんぽの備前の風の味したる

忍冬の風に馥《かお》るはアヴェ・マリア

ギリシア悲劇仮面はずせば緑の夜
ほととぎす神を千年置き忘れ

黙読のことば零れて花えんじゅ
芥子摘んでいま道行ののどの辺り

蜻蛉生る風ことごとく父の私語

薔薇園のまひる星餐かも知れぬ

グールドのレコード盤に青螢

白鷺の一夜劇ならくれないに

麦秋の先端に父の手のひら

翅を缺《か》く五月の蝶や多佳子の忌

雨《あま》間《あい》の頬杖解けば夕かわほり

純白のほたるぶくろは喪中です

紫陽花の白の弾力太宰の忌

父の忌の父の喉笛青くるみ

青蘆原いくたび星座組みほどき

たましいの色づくあたり巴旦杏

夢蔵の鍵をはずせば螢の夜

ヴィーナスの腕《かいな》さびしき枇杷熟るる

花文字の聖書ひらけば白夜かな

素描　畢

あとがき

　句集『素描』は、平成二十九年上梓の、第二句集『星狩』に続くもので、平成二十九年春から令和五年六月までの六年間の作品、三百六十五句をほぼ制作順に収めた私の第三句集です。前句集『星狩』では思いがけず、第七十三回現代俳句協会賞を頂き、私の俳句に対する心強い励みとなりました。この間、個人的には妹を癌で亡くし、また世の中では、コロナ禍の生活が未だに終息とはならず、ウクライナの戦禍も解決には向かっておりません。そんな中、同人誌「遊牧」は塩野谷仁氏の体調を鑑み、令和四年からは私が代表となりました。塩野谷さんの名誉代表、編集に若手の川森基次さんを得て、「遊牧」の更なる発展を願い、今回の句集上梓となりました。

句集名『素描』は、〈鶏頭を素描にすれば荒野なり〉の句から採りました。わたくしの信仰の要である聖書の言葉、「荒野」を覚え、素描の域である句群を想い、句集名と致しました。

最後になりましたが、「遊牧」の句会を通してご指導頂きました先輩、句友の皆さまに感謝し、句集刊行に際しては本阿弥書店の黒部隆洋様に『星狩』に続き多大なお世話を頂きました。こころより感謝し、御礼申し上げます。

令和五年六月　アナベルの咲く頃

清水　伶

著者略歴

清水　伶（しみず　れい）

昭和23年、岡山県生まれ。「朝」「海程」同人を経て「遊牧」代表。現代俳句協会会員、千葉県俳句作家協会会員。千葉日報「日報俳壇」選者。句集『指銃』『星狩』。共著に『現代俳句を歩く』『現代俳句を探る』『現代俳句を語る』。

現住所　〒290-0003
千葉県市原市辰巳台東 5-3-16　大西方

句集　素《そ》描《びょう》

2023年 9 月 7 日　発行

定　価：3080円（本体2800円）⑩

著　者　清水　伶

発行者　奥田洋子

発行所　本阿弥《ほんあみ》書店

東京都千代田区神田猿楽町2-1-8　三恵ビル　〒101-0064

電話　03(3294)7068(代)　振替　00100-5-164430

印刷・製本　三和印刷(株)

ISBN 978-4-7768-1655-3 (3371)　Printed in Japan